MARCELO DUARTE

2064
Missão Inteligência Artificial

Ilustração
DANIEL CARVALHO

Texto © Marcelo Duarte
Ilustrações © Daniel Carvalho

Direção editorial
Marcelo Duarte
Patth Pachas
Tatiana Fulas

Gerente editorial
Vanessa Sayuri Sawada

Assistentes editoriais
Henrique Torres
Laís Cerullo

Assistente de arte
Samantha Culceag

Capa
Daniel Carvalho

Diagramação
Vanessa Sayuri Sawada

Preparação
Beatriz de Freitas Moreira

Revisão
Ronald Polito
Clarisse Lyra

Impressão
Loyola

CIP-BRASIL. CATALOGAÇÃO NA PUBLICAÇÃO
SINDICATO NACIONAL DOS EDITORES DE LIVROS, RJ

D873d

Duarte, Marcelo
2064 – Missão Inteligência Artificial / Marcelo Duarte; ilustração Daniel Carvalho. – 1. ed. – São Paulo: Panda Books, 2025. il.

ISBN 978-65-5697-428-6

1. Ficção. 2. Literatura infantojuvenil brasileira. I. Carvalho, Daniel. II. Título.

25-96936.0   CDD: B869.3
              CDU: 82-3(81)

Gabriela Faray Ferreira Lopes – Bibliotecária – CRB-7/6643

2025
Todos os direitos reservados à Panda Books.
Um selo da Editora Original Ltda.
Rua Henrique Schaumann, 286, cj. 41
05413-010 – São Paulo – SP
Tel./Fax: (11) 3088-8444
edoriginal@pandabooks.com.br
www.pandabooks.com.br
Visite nosso Facebook, Instagram e Twitter.

Nenhuma parte desta publicação poderá ser reproduzida por qualquer meio ou forma sem a prévia autorização da Editora Original Ltda. A violação dos direitos autorais é crime estabelecido na Lei nº 9.610/98 e punido pelo artigo 184 do Código Penal.

FSC
MISTO
Papel | Apoiando o manejo florestal responsável
FSC® C008008

O mundo é um ótimo lugar,
pelo qual vale a pena lutar.

Ernest Hemingway
escritor norte-americano (1899-1961)

SUMÁRIO

O Grande Inteligência 7
As ruínas de uma escola 11
Bolo de chocolate no forno 14
Com os pés fora do chão 19
Livros perigosos 27
A biblioteca do conhecimento 30
"Socorro! Tire-nos daqui!" 38
O *robot sapiens* 43
Os apuros de Penélope 48
A caixa de disfarces 53
"É a única chance que temos" 59
Como salvar a humanidade 63
Provando do próprio veneno 68
O "nosso bebê" 73
O inseto da meia-noite 81

O GRANDE INTELIGÊNCIA

– Pai, eu estava pensando em...

O pai tomou o maior susto. Engasgou-se com a garfada de farofa que tinha acabado de colocar na boca. A mãe também olhou a filha com ar de reprovação, fazendo um barulhão ao deixar cair propositadamente os talheres na mesa.

– Quantas vezes eu já pedi para você não fazer isso? – bronqueou Faria, exibindo os dentes da frente bem cerrados, que hospedavam dois inoportunos fiapos verdes de couve.

– Isso o quê, pai? – estranhou Bia.

– Você tem coisa melhor para fazer, Bia – Andreia, a mãe, entrou para apaziguar a discussão. – Pode aproveitar esse tempo se divertindo, por exemplo, com o seu celular novo. Não era você que reclamava que o seu antigo já tinha cinco meses de uso e estava bem desatualizado? E agora temos em casa um plano de internet com velocidade 46G. Tem muito conteúdo engraçado para acompanhar nos universos paralelos.

— Só bobagem, eu cansei um pouco, é tudo muito chato, igual, repetitivo, bobo... — Bia torceu o nariz.

A menina ainda insistiu:

— Na verdade, eu estava pensando...

— Pare de ficar repetindo essa palavra! — o pai se enfureceu. — Você sabe que o Grande Inteligência tem microfones por toda parte e ouve tudo o que falamos. Essa palavra não deve ser dita em casa.

— Que palavra? — Bia ficou confusa. — "Pensando"?

— Você disse "pescando", não foi? — o pai levou um dos dedos aos lábios fechados. — Evidente que podemos ir pescar. Abrimos o aplicativo, encomendamos um peixe bem lindão pelo *delivery* e, em vez de descer até a portaria para buscá-lo, jogamos a linha com anzol aqui da janela para fisgá-lo. Que tal?

— Que genial, querido — aplaudiu a mãe.

— Que papo mais sem noção, isso sim — bufou Bia. — Quem é essa entidade, esse Grande Inteligência, que vocês veneram tanto? É Paulo Ignácio pra cá, Paulo Ignácio pra lá.

— É Paulo Ignácio Maia, dono da Aipim — respondeu o pai.

— Aipim não é o mesmo que mandioca? — rebateu Bia. — O cara planta aipim, mandioca, macaxeira?

— Nada disso — discordou ele. — Aipim é a sigla de *Artificial Intelligence* Paulo Ignácio Maia.

– Então se o nome da empresa fosse Comando Universal Paulo Ignácio Maia, ela se chamaria Cupim, certo? – zombou a menina.

Bia tinha uma mente afiada. Seus olhos da cor de cristal transparente eram intensos, emoldurados por um rosto de traços finos. Os lábios levemente rosados combinavam com as sardas espalhadas pelas bochechas. Seus cabelos ruivos caíam sobre os ombros.

– Se esse cara fosse bom mesmo, a inteligência dele seria natural, e não artificial – ela fez pouco-caso. – A minha, pelo menos, é natural.

– Que engraçadinha... – Faria ficou bravo com a reação da filha. – Você sabe que inteligência artificial é uma tecnologia que ajuda os computadores a pensarem como seres humanos para resolver problemas importantes para nós.

– Desde quando ter que pensar é um problema importante? – disse e saiu apressada da mesa, deixando os pais falando sozinhos.

Faria estava com o rosto da cor vermelho-pimenta. Parecia soltar fumaça pelo nariz. Reclamou para Andreia:

– Quanto desaforo. Nem comeu direito. Só tem doze anos e já é assim. Não temos paz com essa menina. O fim de semana está começando muito mal...

Por que fomos ter uma filha tão inteligente, me diga? Precisava ser tão questionadora?

– Ela tem um labirinto criativo dentro daquela cabecinha – disse a mãe.

– Quer aprender tudo, quer saber tudo – resmungou o pai. – Pra quê? Quem ela pensa que é?

– Pelas regras aqui de casa... ela não pode pensar, esqueceu?

A conversa foi interrompida pelo som de notificação recebida no relógio holográfico do pai. Ele a leu e depois fez cara de poucos amigos.

– O que foi? – perguntou a mulher.

– Lembra que eu comentei sobre comprar um peixe agora há pouco? Pois ele acabou de chegar aí embaixo. O drone da peixaria veio entregar.

– Peixe? Nossa! A gente precisa tomar cuidado com esse aplicativo. É só falar qualquer coisa em voz alta que ele faz o pedido e já traz em casa.

AS RUÍNAS DE UMA ESCOLA

Bia resolveu sair um pouco para pensar escondida. Usou o intercomunicador de lapela para chamar Lia e Mia, suas duas melhores amigas e também vizinhas de condomínio. "Meninas, que tal trocarmos umas ideias?", ditou a mensagem para o aparelho. O verdadeiro nome de Lia era Ofélia, mas ela detestava ser chamada pelo mesmo nome de sua avó materna, e adotou apenas Lia. Mia era Mia mesmo.

— Faz tanto tempo que eu não penso que nem sei mais como começar — disse Lia, a última a chegar. — Para ser sincera, acho que não deveríamos fazer isso sem permissão. Nossos pais vão ficar bravos.

E deu uma espirradinha. Lia sempre espirrava quando estava com medo de alguma coisa. Mesmo sendo um espirro fraco, seus óculos saíam do lugar e ficavam tortos no seu rosto miúdo. Era a mais introspectiva delas, tinha os cabelos trançados naturalmente azuis. Na época em que Lia nasceu, os avanços da genética permitiam que os pais escolhessem a cor dos olhos e dos cabelos dos filhos. Outra novidade era que as crianças começaram a vir ao mundo com QR Codes nas pontas dos dedos, em vez de impressões digitais.

— Acho que a gente só precisa fechar os olhos, ficar um pouquinho em silêncio e esperar algo que se pareça com um pensamento passar pela nossa cabeça — explicou Mia.

Dona de olhos grandes e expressivos, Mia era — disparado — a mais moleca das três. Gostava de roupas largas, mesmo sabendo que estavam fora de moda desde os anos 2050, e de botas com solas magnéticas. As botas tinham a vantagem de se ajustar à altura desejada e lhe deixavam alguns centímetros mais alta.

— Os meus pais estão muito chatos hoje — começou Bia. — Só falam desse Grande Inteligência. Fico imaginando se eles descobrirem que, antes de dormir, eu anoto todos os meus pensamentos do dia num diário secreto.

— Ih, meus pais também são assim — disse Mia. — Quando começam a me encher muito com esse blá-blá-blá, vou para a casa da minha tia-avó, Camélia. Adoro ouvir as histórias de como era a vida no passado. Ela nasceu em 1984. Vai fazer oitenta anos no mês que vem.

— Meus avós também são do século passado — Lia acrescentou. — Uma vez, eles me levaram para visitar as ruínas de uma escola. Vi fósseis de borrachas, compassos, esquadros, coisas assim. Tinha um quadro enorme na frente de uma sala cheia de mesinhas estranhas, com um braço só.

– Assisti a um documentário em que os professores usavam uma ferramenta chamada giz para escrever – acrescentou Mia.

Quando as crianças deixaram de ser incentivadas a pensar, as escolas começaram a ser fechadas e os professores, demitidos. Os alunos recebiam agora a sua grade curricular pelo celular. Tinham nove minutos de aula. Cada disciplina exibia um vídeo de um minuto e meio. Eram seis aulas por dia. Não havia mais provas. Tudo podia ser aprendido por meio de vídeos produzidos por inteligência artificial.

– A tia Camélia tem umas caixas cheias de recordações do tempo dela – explicou Mia. – Sempre fica me mostrando e eu me divirto bastante.

– Tenho muita vontade de conhecê-la – pediu Bia.

– Vamos até lá? – propôs Mia. – Ela adora receber visitas.

BOLO DE CHOCOLATE NO FORNO

Quando as três chegaram com suas mochilas propulsoras nas costas, Camélia estava terminando de bater um bolo. De avental vermelho com bordados brancos, ela ficou muito feliz com a chegada das visitantes. Camélia exibia uma mistura de elegância e modernidade. Por baixo do avental, apresentava um estilo retrô-futurista. Usava roupas com tecidos tecnológicos e estampas floridas nostálgicas. Seus cabelos receberam uma tintura que mudava de cor conforme a luz. Podiam ser loiros durante o dia e pretos à noite. No rosto de pele escura, os olhos destacavam-se como duas esmeraldas.

Mia, Lia e Bia viram a massa com farinha, açúcar, chocolate em pó, água morna, fermento, ovos e óleo sendo despejada na assadeira e depois colocada no forno preaquecido.

— Queria tanto que a minha casa tivesse um fogão desses — choramingou Bia. — Com luzinha no forno para a gente ver o bolo crescer.

– Nós temos em casa uma *air fryer* atômica e os alimentos ficam prontos em segundos – contrapôs Mia. – Mas preciso dizer que esse fogão da tia Camélia faz cada gostosura...

– Prefiro comida pronta que vem na caixinha – falou Lia. – Essas embalagens *hepta pak* preservam a comida quentinha por seis meses. Se bem que, muitas vezes, meus pais preferem fazer pedidos em franquias de *ultrasonic food*.

– Quem cozinha para nós é a Glória, nossa robô--doméstica – contou Mia. – Ela faz um *omeletech* maravilhoso! Ninguém prepara ovos com a mesma categoria. Meus pais não cozinham é nada, você sabe, né, tia?

– É, a geração dos pais de vocês deixou de cozinhar, que era uma coisa tão boa – Camélia balançou a cabeça. – Está cada dia mais difícil encontrar quem faça comida caseira de verdade.

– Você não gosta de comida de caixinha? – questionou Lia.

– Cozinho bastante, mas às vezes não tem jeito. O megamercado do bairro só vende essas coisas. O que me assusta é a quantidade de lixo que produzimos diariamente por causa do excesso de embalagens. Por isso é que o nosso céu é tão cinza. O Grande Incinerador trabalha vinte e quatro horas por dia para queimar toda essa lixaiada.

— O céu não foi sempre escuro assim? — espantou-se Lia.

— Não — respondeu Camélia. — O céu já foi de um lindo, lindo azul.

— Eu só vi o céu azul no desenho da embalagem de sugrilhos, os cereais de grilos açucarados que como toda manhã — lembrou Mia.

— Precisamos tomar cuidado com esse monte de comidas blasterprocessadas em oferta — continuou Camélia. — Digo isso porque vocês precisam pensar na saúde de vocês.

— Meu pai me disse que "pensar" é desperdício de tempo — reforçou Lia.

— Sei, sei — disse Camélia. — E o que você faz nesse tempo livre que sobra por não ter que pensar?

— Costumo ver tutoriais do tipo "como vencer na vida só apertando botões" ou "como criar besouros de estimação". É o que de melhor faço o dia inteiro.

— Você tem besouros de estimação? — Mia arregalou os olhos.

— Um só — respondeu Lia. — Ele é lindo. Eu o batizei de Ben Zouro.

— O nome é "bem" divertido — aprovou Bia, não perdendo o trocadilho.

— Pensar é maravilhoso — disparou Camélia. — Pena que os seres humanos estão deixando de praticar isso. Onde já se viu deixarmos máquinas pensarem por nós?

— Eu só penso quando não tem ninguém por perto — explicou Bia. — Que nem soltar pum, sabe?

Mia e Lia fizeram cara de nojinho.

— Os humanos criaram máquinas ultrainteligentes, que começaram a cumprir inúmeras tarefas antes realizadas por nós, só que em bem menos tempo — disse Camélia. — As máquinas evoluem sem parar ano após ano, a humanidade não. O que me preocupa é: como manter o poder sobre máquinas que são mais poderosas que nós mesmos?

— Estamos correndo riscos? — arrepiou-se Bia.

— Espero que não — Camélia percebeu que elas ficaram assustadas com o comentário. — As máquinas sabem onde moramos, por onde andamos, o que comemos, com quem e sobre o que conversamos. E, com essa montanha de informações, querem controlar nossas vidas. Ainda bem que há pessoas que continuam pensando, estudando, fazendo arte. Esse grupo vem aumentando gradativamente. Vocês podem fazer parte dele.

— Topo — concordou Bia.

— Eu também — fez coro Mia.

— Acho melhor perguntar para meus pais primeiro — emendou Lia.

— Saibam que pensar é o trabalho mais árduo e bonito que existe e muitas pessoas não gostam de fazer nem o mínimo necessário – filosofou Camélia.

— Por onde a gente começa, tia? – quis saber Mia.

— Pode ser com um bom livro.

— Você tem um livro para eu ver como é? – pediu Bia.

— Claro – disse Camélia. – Fique à vontade para escolher na minha estante. Ajudo você a encontrar algo de que vá gostar. Que tal irmos para a sala? O bolo ficará pronto daqui a trinta minutos.

— Tudo isso? – surpreendeu-se Lia. – Quando a gente encomenda um bolo, ele vem de drone e chega em dois minutos.

— Mas garanto que ele não chega tão gostoso quanto o que vocês irão comer hoje! – atestou Camélia.

— Não vejo a hora – Bia esfregou as mãozinhas e percebeu que sua boca estava salivando.

COM OS PÉS
FORA DO CHÃO

As três foram fazer o reconhecimento da sala, um cômodo amplo, com estante, cristaleira e dois sofás de três lugares. A decoração não tinha nada de especial. Havia um lustre preto no teto e, na grande janela, persianas da mesma cor. Bia contou nove volumes da enciclopédia *Ciência moderna*, com uma chique encadernação branca e letras douradas, empilhados no chão, bem em frente à estante. Elas estranharam mesmo foi uma geringonça toda branca, que estava numa mesa de canto.

– Minha tia disse que isso se chama máquina de costura – explicou Mia. – Pelo que entendi, ela conserta roupas com esse trambolho aí.

– Dá para consertar roupas, é? – chocou-se Lia. – Sempre joguei as minhas fora.

Camélia entrou na sala a tempo de escutar as reações das meninas.

– Falei para as minhas amigas que você tem um monte de coisas do passado – contou Mia. – Como era mesmo o nome daqueles lugares que guardavam coisas antigas? Você me contou na semana passada, mas eu esqueci.

— Museu — disse Camélia. — Sou historiadora e trabalhei por anos no Museu do Futuro. Só que o futuro chegou e o museu fechou. Não foi o único. Aconteceu com todos. O público começou a se desinteressar pelo passado, até que os museus deixaram de receber visitantes. Eram apenas alguns gatos-pingados.

— Gatos pingados? — Lia não entendeu. — Só conheço gatos malhados.

— "Gatos-pingados" é uma antiga expressão que significa "pouca gente" — divertiu-se Camélia.

— O passado não serve mesmo para nada... — despejou Lia.

Camélia a olhou de viés, mordeu levemente o lábio e disse, impaciente:

— Não é bem assim, Lia. Precisamos conhecer o passado para entender o presente e não repetirmos os mesmos erros no futuro.

— Quando o museu fechou, você ficou desempregada, tia Camélia? — perguntou Mia.

— Não, não — respondeu ela. — Pela minha formação, consegui um trabalho como arqueóloga de memórias digitais. Mas é fato que muitos trabalhadores foram substituídos pela automatização.

– Foi aí que você montou o seu próprio museu em casa... – brincou Mia.

– De certo modo, sim – assentiu ela. – Sou de uma geração que viveu o final da era analógica e passou por toda a transformação para a era digital. Por isso, guardo coisas aqui que talvez vocês nunca tenham conhecido. São os meus tesouros, posso dizer assim.

Começou levantando a manga da blusa para mostrar um desses objetos no seu pulso:

– Vejam isso aqui.

– Ah, é uma pulseira da vida – desdenhou Bia. – Tenho uma dessas em casa. Toda a minha vida está registrada dentro dela. A sua deve estar com a memória bem cheia, né?

– Errado – Camélia fez uma careta de desaprovação. – Isso é um relógio de pulso.

– Nossa, que coisa estranha – disse Bia. – Para que serve?

– Para ver as horas, ora! – explicou Camélia.

– Mas onde fica o visor que marca as horas? – Bia procurou e não o encontrou.

– Esse ponteiro maior mostra a hora e esse menor, os minutos – apontou Camélia.

– Que complicado! – resmungou Lia. – Você precisa pensar para saber as horas?

– Sim, preciso – concordou Camélia.

Camélia abriu uma gaveta e tirou de lá de dentro algumas cédulas e uma porção de moedas:

– Isso aqui se chamava dinheiro. Pagávamos as coisas com cédulas e moedas. Usávamos também um papel chamado cheque. Depois tivemos os cartões de crédito e de débito. Não existe mais nada disso.

– Parece que você está falando um monte de tantãnices... – deixou escapulir Lia.

– Tantãnices? – não entendeu Camélia. – O que é isso?

– É uma gíria – explicou Bia. – Quer dizer que a gente não tá entendendo nada do que você está falando.

– Hahaha, nessas horas eu costumo dizer: "Parece que você está falando grego".

– Grego? – foi a vez de Bia estranhar. – Todos os celulares têm o sistema de tradução automática de cento e vinte e sete idiomas. Reproduzem grego ou a língua que você quiser. Eu converso com uma garota polonesa num chat há bastante tempo.

Camélia fez que entendeu com um movimento de cabeça:

– Pena que eu não tenho um celular tão bacana assim.

– Tia, podemos ver aquele seu baú com mais antiguidades? – mudou de assunto Mia.

— Teria o maior prazer, querida, mas justamente hoje eu não posso — lamentou ela.

As três fizeram cara de tristeza.

— Todo sábado, levo uma fatia de bolo para o Zé Maria. Se quiserem, vocês podem me acompanhar até lá. No caminho, conto algumas de minhas histórias.

— Quem é Zé Maria? — estranhou Mia. — Não estou sabendo desse babado.

— Zé Maria é um paquera meu que trabalhou durante muito tempo como chefe da equipe de segurança da Aipim — disse ela, alisando delicadamente os cabelos da sobrinha.

— Paquera, é? — deu um sorrisinho Mia.

— Na verdade, estamos meio que começando um namorinho... — contou ela. — Com o avanço da medicina, a expectativa de vida vem aumentando. Apesar da nossa idade, eu e Zé Maria temos muita disposição e um vigor invejável.

— Vocês se conheceram pelo aplicativo de namoros do Grande Inteligência? — Lia perguntou tão timidamente que quase não dava para escutá-la.

Camélia, desta vez, fez que não com a cabeça.

— Nós nos conhecemos na festa de um amigo — contou Camélia. — Assim que eu o vi entrando senti meus pés fora do chão.

— Ué, minha mochila propulsora também me deixa com os pés fora do chão – Lia não entendeu.

– Quis dizer que a visão dele me deixou "nas nuvens".

– Minha mochila propulsora também...

Antes que Lia terminasse a nova frase, Camélia a repreendeu:

– Você entendeu, né? Só que agora é tudo por aplicativo. Ninguém faz mais nada sem os "maledetos" aplicativos.

– Os algoritmos conhecem tudo sobre a gente e fazem as escolhas baseadas em informações sobre os nossos gostos – argumentou Mia.

– Minha mãe diz que não tem chance de dar errado – complementou Lia.

– Chato mesmo é que os algoritmos não nos deixam mais escolher as nossas profissões – entristeceu-se Bia. – Gostaria de ser médica veterinária de animais robóticos, mas preciso esperar o aplicativo do Grande Inteligência escolher o que serei quando crescer.

– Torço para cair como terapeuta de robôs domésticos ou designer de moda espacial – disse Mia. – Minhas irmãs não tiveram sorte. Flávia se tornou arquiteta de cidades submersas e Marília, guia de viagens virtuais. Não era o que elas queriam.

Camélia estava prestando atenção nos sonhos das meninas.

— Engraçado é que houve uma época, ali por volta de 2022, 2023, que todos os jovens da idade de vocês desejavam ser influenciadores.

— Influenciadores? — um sinal de interrogação apareceu no rosto de Mia. — O que é isso?

— Pessoas que passavam o dia inteiro expondo a própria vida — contou Camélia. — Milhares acompanhavam a rotina dessas pessoas e as marcas pagavam para esses influenciadores divulgarem seus produtos.

— Ué, e por que não existem mais influenciadores? — quis saber Bia. — Parece uma profissão bem legal.

— Alguns poucos influenciadores começaram a ganhar muito dinheiro e, de repente, todo mundo quis ser influenciador — narrou Camélia. — Eram tantos influenciadores que não havia mais quase ninguém para ser influenciado.

Um sinal sonoro começou a ser ouvido vindo diretamente da cozinha.

— Não tenho conseguido acompanhar todas as transformações desse admirável mundo novo — pigarreou ela. — A vida está andando rápido demais. É uma novidade a cada dia. Ainda bem que a Mia vem me visitar de vez em quando para me trazer notícias quentinhas. Por falar em "quentinhas", o bolo está pronto.

— Que cheiro bom! — Bia aspirou bem fundo e passou a língua pelos lábios.

LIVROS PERIGOSOS

Depois de servir as três fatias de um bolo ainda bem quente junto com copos de suco de abacaxi com folhinhas de hortelã, Camélia voltou para a cozinha. Embrulhou um pedaço bem generoso de bolo para levá-lo ao Zé Maria. Enquanto isso, Bia aproveitou para ver os livros que ela tinha em sua estante. A garota nunca tinha visto livros de verdade, assim em carne e osso, ou melhor, em folhas e capa. Os dedos vaguearam pelas lombadas dos volumes. Sentiu uma sensação gostosa ao virar as páginas lentamente e tocar nas letras impressas.

Um almanaque com milhares de informações curiosas e aleatórias de diferentes temas lhe chamou a atenção. Tinha capa laranja, muitas ilustrações e textos de rápida leitura. Ela começou a folhear as páginas e encontrou uma linha do tempo da informática até 2031. Tanta coisa havia acontecido depois disso. Bia ficou admirada com o que descobria a cada página.

– Que horror, isso está cheio de pó – Lia espirrou ao lado dela.

— Você está dizendo isso porque nunca gostou de ler — praguejou Bia.

— Não leio porque meus pais disseram que os livros fazem a gente pensar e isso seria perigoso para mim — respondeu Lia. — Prefiro brincar com meus Óculos de Fantasias Visuais.

— Por isso o nome dela é "Lia", e não "Leio" — zombou Mia.

Camélia voltou para a sala com uma sacolinha toda caprichada nas mãos:

— Estão todas aí com suas mochilas propulsoras?

— Estamos! — Mia respondeu pelas três.

— Então vou pegar a minha no armário — avisou Camélia.

— Você tem uma mochila propulsora? — surpreendeu-se Lia.

— Claro que tenho. Não sou uma velha coroca desatualizada, não, mocinha. Sou um pouco saudosista? Sou. Acho que algumas coisas pioraram, mas outras melhoraram muito. E muitas apenas mudaram a forma de ser. Sei que a vida ficou mais prática em vários aspectos e temos que aproveitá-los.

Camélia percebeu que o trio a observava com olhos atentos e arrematou sua explicação:

— Não sou daquelas que vivem dizendo: "Bom mesmo era antigamente". Esse sentimento vem da saudade que temos da época em que éramos jovens. Posso garantir que as mochilas propulsoras são bem melhores que a minha antiga lambreta. Bora lá?

– Bora lá! – as três riram quando ouviram a gíria mais que ultrapassada.

A BIBLIOTECA DO CONHECIMENTO

Os filmes de ficção científica previram durante um bom tempo a criação de carros elétricos voadores, com decolagens e pousos verticais, mas eles nunca vingaram. O céu era ocupado agora por drones que faziam todas as entregas e por pessoas com mochilas propulsoras. Quem não tinha meios para comprar a novidade era obrigado a andar pelas calçadas ou a usar os trens eletromagnéticos coletivos, que deslizavam velozes e furiosos por vias elevadas. O espaço aéreo era dividido por faixas e os seres humanos ocupavam a mais baixa delas. As lojas e os restaurantes flutuantes ficavam nessa mesma altura.

Mesmo durante as manhãs e as tardes, o céu escuro e os gigantes arranha-céus, grudados uns nos outros, não permitiam que os raios de sol iluminassem a cidade. Quem fazia isso eram os enormes painéis de publicidade colocados em cada canto livre. Por causa de uma disputa amalucada do mercado imobiliário, as construtoras erguiam espigões cada vez mais altos. Todos queriam ter a maior torre: os edifícios da região central ultrapassam os cem andares.

— Estão vendo aquele prédio? — apontou Camélia, explicando um pouco da história do bairro, enquanto ziguezagueavam pelas construções. — Muito tempo atrás, funcionou ali a principal agência dos Correios da cidade.

— Correios? — estranhou Mia. — É onde se praticavam corridas?

— Não. Quando ainda não havia aplicativos de mensagens, as pessoas mandavam cartas para falar umas com as outras. Era preciso escrever numa folha de papel, colocá-la dentro de um envelope, comprar e colar um selo e enviar. As cartas demoravam dias para chegar e mais dias para voltar com uma resposta.

— Tô fora — Bia torceu o nariz. — Eu não ia aguentar tanta ansiedade...

— O que aconteceu com o prédio? — perguntou Mia.

— Quando os Correios fecharam de vez, o Grande Inteligência transformou esse local num gigantesco reciclador de objetos considerados obsoletos a partir da expansão da inteligência artificial.

— Tipo o quê, tia? — indagou Mia.

— Um monte de coisas: livros, instrumentos musicais, cabines telefônicas, motos, controles remotos, chaves, cofres... — listou Camélia.

As meninas nem tinham tempo de respirar e lá vinha Camélia com mais detalhes da paisagem:

— Olhem aquela outra construção gigante ao lado. Atualmente é o centro de distribuição de um aplicativo de tranqueiras. Mas ali já funcionou o maior shopping center da cidade. Cheio de lojas. Eu e minha mãe adorávamos vir olhar as lindas vitrines. Havia também cinema e praça de alimentação. Passávamos a tarde inteira passeando.

— Sério que vocês eram obrigadas a sair de casa para ver um filme, tomar um lanche e comprar roupas? — Bia fez uma cara desanimada.

— Não éramos obrigadas — rebateu Camélia. — Era gostoso sair de casa.

— No inverno, como hoje, até dá — disse Mia. — Está quarenta e cinco graus Celsius, nossas blusas térmicas nos ajudam. Já pensou ter que sair no verão com cinquenta e oito, sessenta graus? Acho que iríamos virar pipoca.

— Estamos chegando — vibrou Camélia. — Zé Maria mora naquele prédio vermelho grandão. Podem ir pousando. Tomem cuidado para descerem certinho na calçada sem machucar ninguém.

* * *

Lá de cima, Camélia avistou Zé Maria, parado em frente à porta do edifício, olhando ora para um lado, ora para o outro, esperando a chegada dela. Zé Maria era um homem corpulento, tinha a mandíbula longa e ossuda. Parecia ter a mesma idade de Camélia. O pouco cabelo grisalho que restava estava todo penteado para trás. Levou um susto com a aproximação do quarteto de mochileiras.

– Diretamente das galáxias, eu trouxe um pedaço de bolo para você, Zezé! – disse Camélia, entregando o pacotinho.

– O cheirinho está maravilhoso, Cacá – elogiou ele.

As três se olharam, segurando a muito custo a risada, por causa daqueles apelidos carinhosos e melosos.

– É que hoje eu tive três ajudantes. Vou apresentá-las: Mia, Bia e Lia.

– Encantado, princesinhas! José Maria, ao seu dispor.

Curiosa como ela só, Bia estava ansiosa para perguntar sobre o Grande Inteligência:

– Verdade que você trabalhou na Aipim?

Zé Maria achou graça da inesperada questão:

– Camélia já contou para vocês, é? Sim, fui o chefe da segurança de lá. Bons tempos. Mas depois acabei sendo substituído por robôs. Ainda bem que tinha feito um bom pé-de-meia.

— Você tem uma fábrica de meias agora? – quis saber Lia.

— Não, Lia – riu Camélia. – Pé-de-meia significa fazer economia, guardar dinheiro. É uma expressão do nosso tempo.

— O melhor de tudo, Bia, é que a primeira sede da Aipim fica aqui do lado de casa, nem precisava usar a mochila propulsora – explicou Zé Maria.

— Aqui do lado onde? – a curiosidade de Bia só aumentava.

— Na avenida Arthur Clarke, 2.001 – Zé Maria indicou a direção. – Levo vocês até lá.

E todos foram caminhando. Para as meninas, andar pela calçada era uma novidade. Estavam vendo a cidade de um novo ângulo.

— Está muito longe ainda? – reclamou Lia pouco depois. – Meus pés já estão doendo.

— Só andamos uma quadra – estranhou Camélia. – Não deve ter dado nem quinze passos. Cansada? Você precisa sair do sofá de vez em quando, se movimentar, deixar um pouco a mochila propulsora no armário.

— Se sujar meu tênis Power IA, eu sei que vou levar a maior bronca.

* * *

O prédio, bem estreito, tinha cinco andares. Sua baixa altura era um indicativo de que se tratava de uma construção antiga, quase centenária. Na fachada, havia uma pequena placa de identificação: Aipim One.

— Chegamos! — anunciou Zé Maria.

— Que prédio pequenininho — frustrou-se Bia.

— A empresa cresceu bastante e se espalhou por vários imóveis — explicou Zé Maria. — Esse é o primeiro endereço deles e o menor de todos. Sempre achei que iam demolir esse predico, mas ele continua firme e forte.

— O que tem aí dentro? — Bia fazia jus à fama de perguntadeira da turma.

— Para ser sincero, eu não lembro bem — respondeu Zé Maria. — O prédio era todo automatizado e não precisávamos fazer rondas lá dentro. Cuidávamos mais da vigilância de fora, do entorno. O que eu sei é que aqui ficava a Biblioteca do Conhecimento do Grande Inteligência.

— O que é uma "biblioteca do conhecimento"? — Mia resolveu rivalizar com Bia nas perguntas.

— São os bancos de dados com absolutamente tudo o que alimentou o sistema do Grande Inteligência: jornais, revistas, livros, pesquisas, teses, vídeos, músicas, filmes, documentários... — listou Zé Maria.

Enquanto ouvia a explicação do namorado, Camélia percebeu que Mia estava bastante agitada.

– Por que você está mexendo os pés desse jeito, posso saber?

– Olha só, tia, meus tênis estão rasgados. Acho que eles não foram feitos para caminhar...

– Ai, ai, ai... – balançou a cabeça Camélia. – Só me faltava essa agora. Dá para andar assim pelo menos até a gente voltar para o apartamento do Zé Maria?

– Acho que não, tia. Meus pés já estão machucados.

– Não devíamos ter deixado as mochilas propulsoras lá – lamentou Camélia. – E agora? Será que tem algo aí dentro que possa nos ajudar a dar uma remendada nos tênis dela, Zezé?

Zé Maria ficou pensativo por alguns segundos. Lembrou-se do almoxarifado. Ali, com certeza, haveria algum tipo de fita adesiva. Por sorte, ele conhecia cada detalhe do esquema de segurança do prédio. Sabia como acessar uma saída de emergência no fundo da edificação, que podia ser usada como entrada também. E, além do mais, não havia meios de negar um pedido de sua amada Cacá.

– Sei como arrumar isso – respondeu ele. – Venha comigo por aqui, Mia.

– Podemos ir também? – Bia se entusiasmou.

– Nem pensem nisso – Camélia ralhou. – Só vai a Mia. Por favor, Bia, empreste seus sapatos para ela por enquanto. Mia, vá com o Zezé. Não mexa em nada que possa lhe colocar em perigo. Vão e voltem bem depressa.

"SOCORRO! TIRE-NOS DAQUI!"

Zé Maria abriu a porta para Mia e explicou minuciosamente a localização do almoxarifado. Disse que, por segurança, ficaria tomando conta da entrada. Pediu que ela fosse ligeira. A menina andou pelos corredores, sem cruzar com ninguém. O interior do prédio parecia vazio. Ela finalmente achou a sala. O material estava bem identificado e ela não teve problemas em encontrar a caixa com fitas adesivas. Pegou uma bem grossa, toda prateada, pensando que combinaria com seus tênis. Só que, ao sair, distraída com a fita, confundiu os corredores e acabou não retornando por onde tinha vindo. Foi parar diante do que parecia ser um laboratório todo envidraçado. Mia viu três mulheres – as três com jalecos brancos por cima das roupas. Grudou seus olhinhos no vidro e isso chamou a atenção de uma delas.

A princípio, a mulher levou um susto quando percebeu a presença de alguém. Avisou as outras duas e apontou para a menina. As três pareciam gritar, mas o vidro grosso impedia que Mia as ouvisse. Extremamente agitadas, gesticulavam sem parar. Até que uma delas escreveu com traços trêmulos numa grande folha de papel: "Socorro! Tire-nos daqui!". Começou a sacudir o cartaz em direção a ela com desespero. Mia sentiu um calafrio de medo. Deu meia-volta e conseguiu retomar o caminho certo.

Chegou esbaforida do lado de fora.

– Que cara é essa, Mia? – perguntou Zé Maria. – O que aconteceu com você?

– Tem três mulheres lá dentro pedindo socorro.

Mia e Zé Maria foram ao encontro do resto do grupo rapidamente e a menina repetiu toda a história.

– O quê? – Camélia encheu a sobrinha de perguntas. – Três mulheres pedindo socorro? Como assim? Como são essas mulheres? Tem certeza disso?

– Tenho – confirmou ela. – Quando me viram, começaram a mostrar um papel pedindo para tirá-las de lá.

– Precisamos ver o que está acontecendo com elas – pediu Camélia.

– Não sei se é uma boa ideia entrarmos novamente no prédio, Cacá – Zé Maria estava preocupado. – Podemos ter problemas depois. Será invasão de propriedade privada.

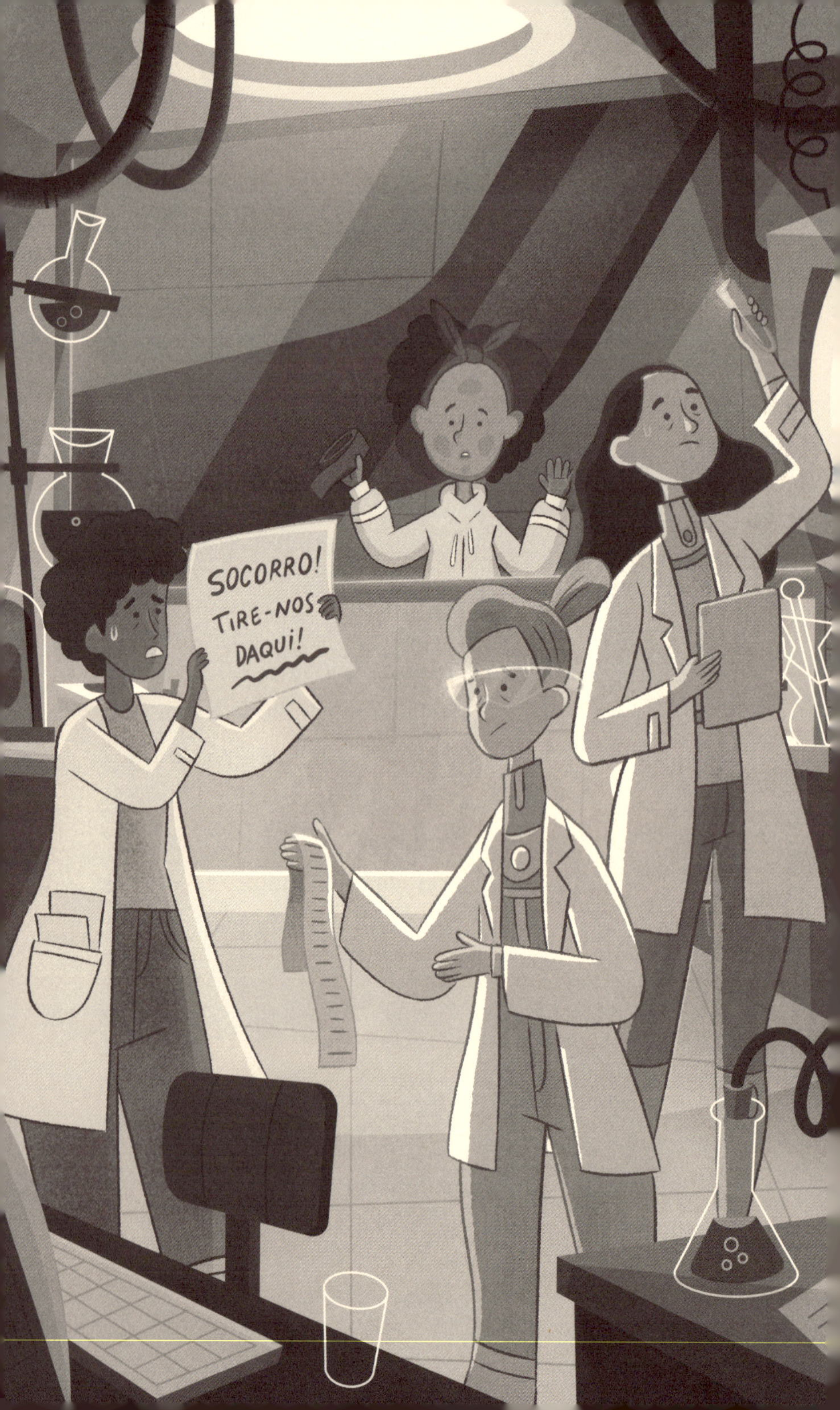
SOCORRO! TIRE-NOS DAQUI!

— Temos que ir até lá para saber de que tipo de ajuda essas mulheres estão precisando — Camélia não quis dar ouvidos ao namorado. — Deve ser uma emergência, querido.

Os cinco entraram correndo no prédio e foram conduzidos por Mia, que havia memorizado o caminho para lá. Ao chegarem no laboratório envidraçado, também se surpreenderam com a visão das mulheres. Quando perceberam a presença de mais gente, as três voltaram a agitar a folha com o pedido de socorro.

— Temos que fazer alguma coisa — Camélia estava bem nervosa. — Devem ter se trancado por dentro e esqueceram a chave do lado de fora. Já aconteceu isso comigo.

— Não sei, não — desconfiou Zé Maria. — Com esse monte de câmeras lá dentro e aqui fora? Dê uma olhada em volta, Cacá. Parece que elas estão sendo vigiadas, isso sim. Podem ser espiãs ou algo parecido.

— Espiãs? — Camélia não acreditava nessa hipótese. — Olhe para a cara delas, Zezé. Você acha que elas fariam mal a alguém?

— Concordo, mas como vamos tirá-las daí de dentro? — perguntou Zé Maria.

— Você é que deveria ter essa resposta... — disse Camélia. — Só sei que essa era a próxima pergunta que eu iria lhe fazer.

— Quando trabalhei aqui, não havia essa sala.

O ex-chefe da segurança curvou os ombros, pensativo. Por fim retomou a palavra:

— No meu tempo, havia um código de emergência que deveria ser usado no caso de todos os sistemas falharem. Nunca usei, podemos tentar.

— Não temos opção – concordou Camélia. – Qual é o código?

Ele digitou 1-3-0-6 no painel ao lado da porta e – *klift, kloft, still* – ela se abriu. Segundos depois, um alarme começou a tocar, como se, de fato, o prédio estivesse passando por uma emergência.

— Rápido, temos que sair daqui imediatamente! – disse a primeira mulher a deixar a sala.

— Quem são vocês? – quis saber Bia.

— É uma longa história. Primeiro nos tirem daqui, por favor.

Zé Maria mostrou a direção da saída.

— Vamos todos para minha casa – sugeriu ele, quase no tom de uma ordem. – É a mais próxima daqui.

O ROBOT SAPIENS

O apartamento de Zé Maria era pequeno e acolhedor. Não havia divisão entre os cômodos principais. Algumas coisas despertaram de cara a atenção das meninas, como a cama suspensa, que flutuava no centro do quarto, e a geladeira conectada ao supermercado. Na cozinha, ele tinha uma horta vertical, com ervas e plantas hidropônicas. A exemplo da casa de Camélia, a sala também estava repleta de livros.

A curiosidade para esquadrinhar todo o espaço só acabou quando as três mulheres, ainda agitadíssimas, fizeram uma breve apresentação preliminar. Quem começou falando foi a que parecia a líder, aquela mesma que agitou o cartaz diante do vidro.

— Sou Gaia. E essas são minhas colegas Patrícia e Tânia.

Gaia era a mais alta e a mais magra das três. Aparentava ter também o espírito mais jovem, embora parecessem ser de idades bem próximas. Tinha os olhos escuros e os cabelos curtos. Vestia jeans, blusa de seda e botas elegantes. Dona de olhos rebeldes e cabelos ondulados, Tânia usava roupas justas, bem esportivas, como uma corredora. Os tênis coloridíssimos atraíam os olhares. Seus dedos longos exibiam um exagerado número de anéis, que chamavam muita atenção. Patrícia tinha rugas leves e uma discreta tatuagem de coração no punho. Usava um coque para prender o cabelo longo. O batom vermelho contrastava com sua pele clara. Seu casaco de tecido tecnológico, com gola alta e botões coloridos, estava um pouco amassado. As hastes de seus óculos de armação grossa eram douradas.

– Nós somos cientistas da computação e fomos as criadoras dos primeiros robôs equipados com inteligência artificial do mundo. Foi um projeto pioneiro. Tanto que, para batizá-lo, colocamos nossas iniciais no nome dele.

– GPT? – perguntou Bia.

– Não, não. PTG – respondeu Gaia. – Seguimos a ordem etária, começando pela mais velha, Patrícia. Sou a mais nova das três.

– No meu caso, só por poucos meses – avisou Tânia.

– Começamos a desenvolver os primeiros modelos desses robôs com inteligência artificial em 2020 – prosseguiu ela. – Éramos três jovens sonhadoras.

— Uau, nunca tinha ouvido falar que três mulheres foram pioneiras de algo tão revolucionário — comentou Camélia.

— Ah, os homens nunca dão os devidos créditos às mulheres — lamentou Tânia. — Sempre foi assim. Parecemos invisíveis. Será que isso vai mudar até 2100?

— Comandávamos uma equipe com quase quinhentos profissionais — prosseguiu Gaia. — Queríamos que toda a sociedade se beneficiasse de nossas descobertas. Cada pessoa teria o seu robô inteligente. Com a inteligência artificial, não queríamos repetir os mesmos erros das redes sociais.

— A que erros você está se referindo? — perguntou Camélia. — São tantos...

Gaia suspirou e, depois de refletir um pouco, respondeu:

— As redes sociais trouxeram muitos benefícios, mas causaram danos gigantescos para a saúde mental da sociedade, com informações violentas, ataques racistas, xenofóbicos e discriminatórios, polarização e *fake news*. Mudaram até a forma como as pessoas se relacionavam. Diria que, mesmo com tantos avanços tecnológicos, a sociedade andou para trás.

— E vocês, crianças, são as mais vulneráveis — ponderou Tânia.

— Não fale assim que você vai assustá-las — bronqueou Patrícia. — O problema não é a inteligência artificial. Precisamos destacar e valorizar o lado bom da tecnologia. O problema é quem a comanda e o que faz com ela.

Camélia gostou muito da ponderação de Patrícia. Mas ainda assim tinha suas reclamações:

— Acontece que as máquinas evoluíram rápido demais e foram deixando muita gente acomodada.

— Quando demos os primeiros passos em nossas pesquisas, nós desejávamos que tudo isso fosse usado em benefício das pessoas — explicou Patrícia. — Era para ajudar no dia a dia, em algumas tarefas mais complexas. Mas nós queríamos garantir que as conexões continuassem humanas...

Tânia a interrompeu:

— Até que a nossa invenção foi roubada e deturpada por um sujeito inescrupuloso, que sempre agiu nas sombras. Uma tecnologia tão avançada não poderia cair nas mãos de quem tem interesses criminosos.

— Foi por causa disso que vocês ficaram presas lá? — perguntou Bia.

— Também por causa disso — respondeu Patrícia. — Fomos traídas por um assistente nosso chamado Paulo Ignácio.

— Paulo Ignácio Maia, o Grande Inteligência?!? — Bia ligou os pontos.

— Ele mesmo — concordou Tânia. — Paulo Ignácio trocou todas as senhas na calada da noite e roubou o nosso projeto.

— Nossa... Quando foi isso? — continuou Bia.

— Lembro-me perfeitamente da data: 29 de fevereiro de 2048 — pontuou Patrícia. — Mas, sem a nossa ajuda, ele não conseguiu desenvolver a última etapa dos robôs, que até hoje nenhum cientista do mundo foi capaz de fazer...

— Qual é essa última etapa? — quis saber Lia.

— Acredito que, esta sim, será a grande revolução — Gaia continuou fazendo suspense. — Será o... *Robot Sapiens*.

— *Robot Sapiens*? Que nome estranho! — Mia ficou intrigada.

— É um robô verdadeiramente inteligente, com capacidade de raciocínio e planejamento, capaz de refletir sobre seus próprios atos — explicou Tânia. — Será um robô acima de tudo com senso de justiça.

— Senso de justiça? — estranhou Bia. — Como assim?

OS APUROS DE PENÉLOPE

Gaia, Patrícia e Tânia estavam há tanto tempo sem conversar com outras pessoas que não fossem elas mesmas que às vezes até se atropelavam na hora de contar alguma coisa. Falavam juntas e precisavam se policiar para pedir a palavra só quando a outra já tivesse terminado.

– A inteligência artificial não sabe decidir sozinha o que é certo ou errado, não tem consciência – disse Patrícia. – Ela toma decisões conforme a sua programação. Não consegue refletir sobre as próprias operações. Por isso, a inteligência artificial nunca teve problemas em criar notícias falsas, enganar, manipular imagens, dar maus conselhos, pois não sabe o mal que tudo isso causa.

– Mas tem um monte de gente que aparentemente tem consciência e faz tudo errado do mesmo jeito, não é? – ponderou Camélia.

– Acontece que essa gente sabe que está errada e, um dia, pode ter que pagar por isso – explicou Patrícia. – A consciência deve ficar martelando a cabeça o tempo todo.

— E vocês conseguiriam mesmo criar o *Robot Sapiens*? – perguntou Zé Maria.

— Como fomos nós que começamos tudo isso, sabemos os caminhos a trilhar – disse Gaia. – Não são as mães que conhecem melhor seus filhos?

— Por que não fizeram isso então e saíram da prisão? – Lia tentava ser mais prática.

— Justamente porque temos consciência – disse Patrícia. – Vocês já ouviram falar do livro *Odisseia*, de Homero?

— Sim, claro, eu o li duas vezes – respondeu Camélia. – Tenho ainda um exemplar em casa.

As garotas estavam ouvindo tudo com cara de paisagem.

— A longa viagem de retorno de Ulisses depois de lutar na Guerra de Troia é o tema do livro – começou contando Tânia. – Mesmo sendo cortejada o tempo todo, Penélope, mulher de Ulisses, acreditava que seu marido voltaria da guerra.

— Sem saber se ele estava vivo ou morto, o pai de Penélope sugeriu que ela se casasse novamente – continuou Gaia. – Penélope disse que somente se casaria com um novo pretendente quando terminasse de tecer uma colcha.

— Demora tanto assim para fazer uma colcha? – Bia ficou intrigada.

— Ótima pergunta — elogiou Gaia. — Durante o dia, ela tecia a colcha e, à noite, ela desmanchava tudo o que havia feito. Assim Penélope nunca acabava o seu trabalho.

— Pelo bem da humanidade, nós resolvemos sacrificar nossas vidas e não terminar o sistema — disse Patrícia. — Tudo que fazíamos durante o dia era apagado à noite. Chamamos a operação de "Odisseia", que, como vocês devem ter percebido, tem o nome terminando com "IA", sigla de inteligência artificial.

— Como é que vocês aguentaram ficar tantos anos dentro dessa prisão? — perguntou Mia.

— Deixamos de receber notícias de nossas famílias, sobre o que estava acontecendo no mundo — lamentou Patrícia. — Amo poesia e nunca nos deram um único livro.

— Pudera: livros nem existem mais... — deu a notícia Camélia. — Só tem livros quem guardou os seus antigos.

— Que horror — lamentou Tânia.

— Esses dezesseis anos não foram fáceis, mas, como precisavam de nós, éramos relativamente bem tratadas — explicou Gaia. — Cada uma dormia em um quarto. Havia uma pequena academia de ginástica, três boas refeições e lanchinhos todos os dias, roupas novas de tempos em tempos. Uma robô chamada

Xênia cuidava de nós. Ela até cortava e pintava nossos cabelos. Mas éramos vigiadas por câmeras o dia inteiro.

– Isso me fez lembrar um antigo programa de televisão chamado *Big Brother* – lembrou Camélia. – Ele fazia muito sucesso mais ou menos na mesma época em que as pessoas começaram a deixar de pensar.

– Dizer que os robôs iriam pensar por nós foi uma das estratégias de manipulação de Paulo Ignácio – comparou Patrícia.

– E seus familiares nunca deram por falta de vocês? – perguntou intrigada Camélia.

– Paulo Ignácio simulou as nossas mortes – revelou Gaia. – Criou imagens por inteligência artificial de um terrível acidente, com explosão e tudo, e noticiou que estávamos mortas. Ele mesmo nos contou que imagens falsas e vídeos de mentira de nossas mortes viralizaram. Tragédias dão sempre muito engajamento.

– Eu... eu trabalhei nesse enterro de vocês... – disse Zé Maria.

– Agora estou me lembrando dessa história – interrompeu Camélia. – Foi uma grande comoção no país inteiro.

– Meus filhos devem estar grandes, talvez eu até já seja avó e não saiba – choramingou Patrícia.

— E se meu marido tiver casado de novo? – roeu as unhas Tânia. – Não paro de ter pesadelos sobre isso.

— Não seria bom avisá-los? – quis saber Camélia.

— Agora não vai dar tempo – lamentou Zé Maria. – Vejam pela janela. O prédio está cercado de robôs. Pela cor e pelo modelo, acredito que são todos da guarda pessoal do Grande Inteligência. Eles nos encontraram.

A CAIXA DE DISFARCES

As saídas do prédio estavam todas bloqueadas por foguetes de policiamento e robôs inteligentes. Lia começou a chorar. Bia e Mia se abraçaram tremendo.

— Calma, meninas, muita calma nessa hora — pediu Camélia, espiando a movimentação pela janela.

— Ainda temos um pouco de tempo — observou Zé Maria. — Eles vão demorar para chegar até aqui, no septuagésimo segundo andar. São duzentos e setenta e cinco apartamentos para revistar por andar. Façam as contas.

— Nunca fiz uma conta na vida — assustou-se Lia. — Se quiserem, posso perguntar para meu broche assistente de voz.

— Não precisa, não precisa — cortou Bia.

— Já estava esperando por isso — disse Patrícia. — As câmeras de reconhecimento facial espalhadas pela cidade foram dando ao sistema todo o nosso trajeto. Assim nos acharam aqui.

— E agora? — balbuciou Mia com voz trêmula.

— Sei como driblar os robôs — Zé Maria chamou a

responsabilidade para si. – Vamos nos disfarçar.

– Tipo um filtro? – perguntou Bia.

– Quaaaaase isso – respondeu o ex-segurança.

Ele ficou na ponta dos pés para apanhar uma maleta cinza que estava em cima de uma estante. Explicou que certa vez ele fez um curso on-line para se tornar detetive particular. Recebeu aquela maleta com vários tipos de disfarces. A caixa estava intacta. Aquele poderia ser o momento certo para usá-los. Zé Maria começou a distribuir maquiagem, cicatrizes, narizes e orelhas postiços, lentes de contato coloridas.

– Lia, acho que isso não está bom – comentou Camélia. – Os robôs vão estranhar uma garota de doze anos com um bigode desse tamanho. Deixa que eu ajudo vocês.

– Vou usar essa máscara de látex – exibiu Tânia. – Tem mais uma aqui. Alguém quer?

Zé Maria brincou:

– O meu disfarce é o mais fácil de todos. Vou colocar uma cicatriz na testa e uma peruca para esconder a careca. Ainda espero que a inteligência artificial ajude alguém a inventar um xampu eficaz para acabar com a calvície. O que falta de verdade neste planeta é um pouco de inteligência capilar.

Todas gargalharam com a piada do namorado de Camélia. Em poucos minutos, o grupo parecia estar

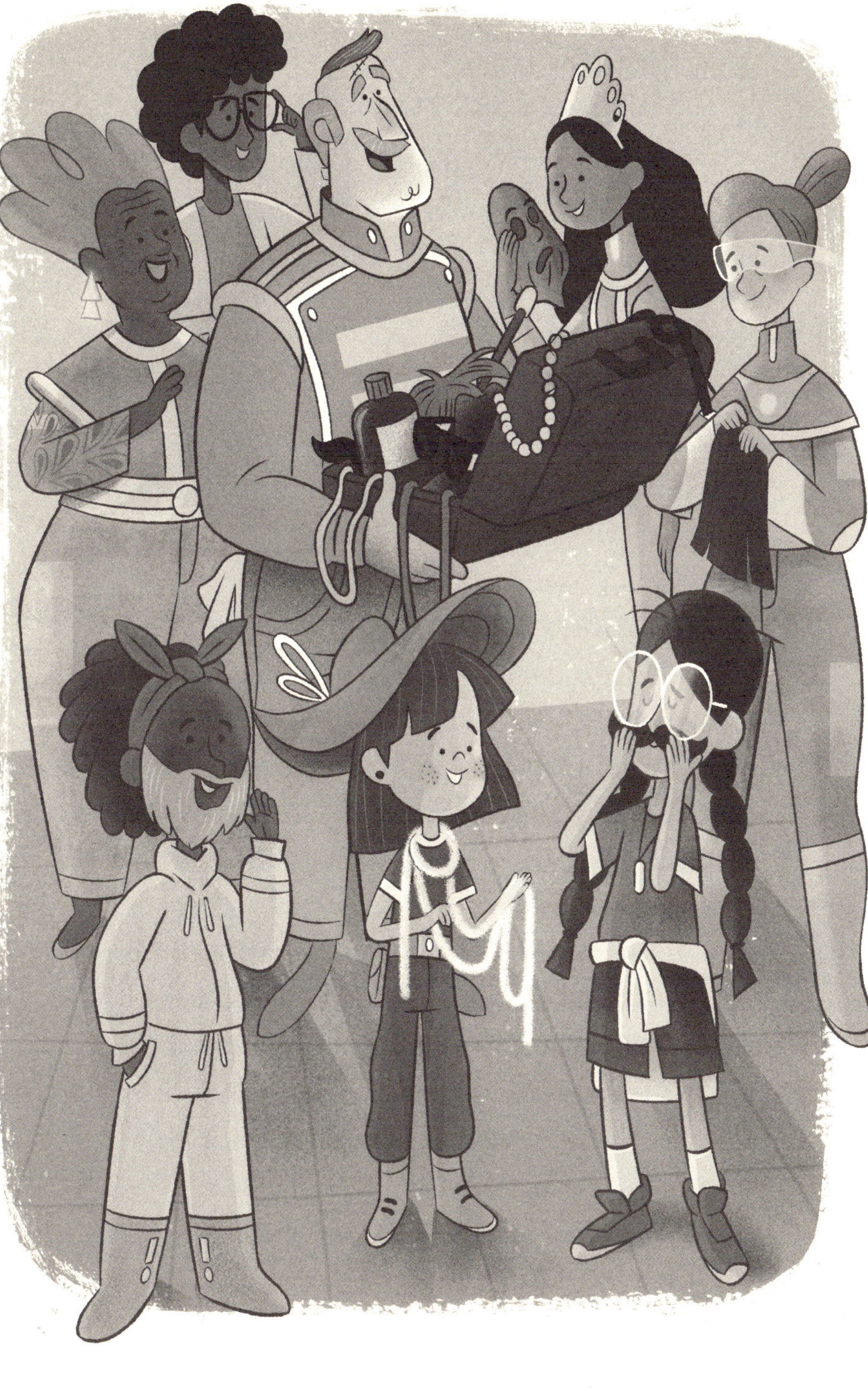

pronto para uma festa à fantasia ou um concurso de *cosplay*.

— Vamos descer — pediu Zé Maria. — Quando cruzarmos com os robôs, mantenham a calma e ajam naturalmente.

O elevador desceu velozmente. O saguão do prédio estava tumultuado com vizinhos entrando e saindo. As câmeras instaladas nos olhos dos robôs emitiam luzes de reconhecimento. Misturados aos demais, Zé Maria, as mulheres e as crianças conseguiram passar pela *blitz* robótica.

— Viram isso? — Gaia perguntou para Tânia e Patrícia. — Esse reconhecimento facial tem falhas e não foi aperfeiçoado. Eles deveriam ter usado alguma outra característica para poderem nos reconhecer. É algo a ser melhorado.

— Para nossa sorte, outra coisa que Paulo Ignácio não conseguiu fazer também — comemorou Tânia. — Ele e mais ninguém.

Decidiram seguir para a casa de Camélia. Foram a pé para se misturar a todos os transeuntes. Zé Maria apontou para o céu e mostrou que o Grande Inteligência tinha soltado drones de espionagem.

— Estão atrás de nós de todos os jeitos — disse Patrícia.

— Lamento dizer que não vai demorar para eles

soltarem os cães robóticos farejadores – apostou Zé Maria. – O cerco vai ficar cada vez mais intenso.

– Temos que chamar urgentemente a imprensa e contar tudo o que está acontecendo – evocou Tânia. – Temos uma informação bombástica.

– Imprensa? – Camélia perguntou com um riso nervoso. – Não existe mais imprensa. Pelo menos, não como no nosso tempo. As redes sociais fizeram uma campanha sórdida que exterminou a credibilidade dos jornalistas sérios e da imprensa profissional. O que impera hoje é a desinformação. Ninguém mais sabe de nada e acha que sabe de tudo. Tem muita coisa boa que não existe mais.

Camélia ficou emocionada com aquela constatação. Ela continuou falando como que querendo desabafar:

– O desinteresse das pessoas por cultura e educação foi acabando aos poucos com as bibliotecas, os centros culturais, os teatros, os concertos, os cinemas. Hoje um filme de cinema não tem mais que três minutos, que é o máximo que alguém consegue se concentrar em alguma coisa.

Caminhando, o percurso levou mais que o dobro do que eles costumavam fazer com suas mochilas voadoras. Gaia, Patrícia e Tânia estavam impressionadas ao ver como o cenário havia mudado no tempo em que ficaram aprisionadas. Finalmente, Camélia apontou para uma casa de tijolos amarelos, com um pequeno jardim na frente, incrustada entre dois edifícios gigantescos.

— Chegamos! — anunciou Camélia. — Sejam bem-vindas à minha casinha. Podem entrar e fiquem à vontade.

"É A ÚNICA CHANCE QUE TEMOS"

Ao entrar novamente na sala de estar da casa de Camélia, Bia fez rapidamente uma análise da situação e interrompeu o lamento do grupo. Disse que uma cadeia de ideias havia ganhado forma em sua cabeça:

— Quando chegamos aqui, hoje à tarde, eu estava vendo a estante de tia Camélia e achei um livro que me chamou a atenção.

Bia foi até a estante e trouxe o almanaque com capa cor de laranja. Conseguiu encontrar depois de alguns segundos a página que procurava.

— Estão vendo isso aqui? Sei que é um fato bastante antigo. É de 1999. Fala sobre o medo que todas as pessoas tiveram por causa da possibilidade real de uma falha mundial no sistema de informática.

— Lembro bem dessa história — Gaia abriu um sorriso. — Estudamos muito sobre o "Bug do Milênio" na universidade. Muitos especialistas acreditavam que os computadores travariam na passagem de 1999 para 2000.

Lia se aproximou do grupo formado em volta do livro. Esticou os olhos para a página que todos estavam vendo:

— Olha esse desenhinho... – apontou ela. – Parece o meu besouro de estimação, o Ben Zouro.

— É isso! Tenho um plano – Patrícia deu um grito de felicidade. – Tudo o que precisamos é de um inseto qualquer, tipo um besouro.

— O Ben Zouro, não – Lia teve um acesso repentino de espirros.

— Podemos construir um que possa ser controlado por aplicativo – sugeriu a cientista.

— E só teríamos que colocá-lo na sala do comando central do Grande Inteligência – disse Gaia, também já entendendo o plano.

— Onde fica isso? – perguntou Bia.

— Num prédio que parece uma caixa-forte no centro da cidade – respondeu Zé Maria.

— Como entrar lá, Zezé? – quis saber Camélia. – Se é como uma caixa-forte, deve ser impenetrável.

— Conheço bem o prédio e sei por onde podemos entrar – Zé Maria fez questão de colocar a cereja no topo do bolo.

— Sério isso? – Gaia comemorou.

— Parece que escolhi o namorado certo na hora certa, hein? – disse Camélia, deixando Zé Maria completamente ruborizado. – Acho que nem em livro de ficção aconteceria uma coincidência dessas. Então nos diga, Zezé: onde é essa entrada?

As meninas grudaram os olhares nela para ver se os pés de Camélia iriam flutuar de novo nesse momento, mas nada aconteceu. Antes de responder, o homem fez uma pausa mais longa para dar dramaticidade à cena.

– Pelo teto do prédio – respondeu finalmente o ex-segurança. – Há uma entrada por lá.

– Temos que descer de helicóptero? – arriscou um palpite Patrícia.

– Podemos ir de drone – explicou Zé Maria.

– Um drone carregando uma pessoa de cem quilos, como você, Zé Maria, vai chamar muita atenção – Tânia pareceu despejar um balde de água fria na esperança de todos ali.

– Mas pode levar uma menina com trinta e três quilos e meio como eu – Bia deu um passo à frente e se ofereceu.

Camélia quase caiu de costas.

– Não, não e não – ela foi enfática. – Você é muito criança. Isso é muito perigoso.

– É a única chance que temos – insistiu Gaia.

Todos olharam em direção a Camélia, esperando sua aprovação. Ela franziu o cenho e, com certa relutância, respondeu:

– O que seus pais pensariam disso, Bia?
– Pelo que sei, tia, eles não andam mais pensando em nada ultimamente.

COMO SALVAR A HUMANIDADE

Zé Maria acompanhou as meninas de volta para suas casas, vizinhas que eram no bloco 451 da Fahrenheit Tower. O combinado foi que elas deveriam agir naturalmente naquela noite. Todas tomariam primeiro uma pílula do banho e depois dormiriam limpinhas em suas camas. Na manhã de domingo, continuariam cumprindo suas rotinas. À noite, Bia e Lia diriam que foram convidadas para dormir na casa de Mia. Por sua vez, Mia pediria permissão para dormir na casa de Camélia. Ali seria o ponto de encontro para a missão. Precisariam sair de casa novamente disfarçadas.

– Mentir, e ainda mais para os pais, é totalmente errado, eu sei – disse Camélia para as três antes de irem embora. – Seremos obrigadas a fazer isso uma única vez e ainda assim por uma grande causa: salvar a humanidade. Todas de acordo?

A resposta foi um "sim" em uníssono.

Antes de dormir, Bia viu a tela de seu celular se iluminar. A seu comando de voz, a mensagem foi projetada no teto de seu quarto. Assim não precisaria se levantar para ler. Quem escreveu foi Lia:

"Bia, não poderei ir com vocês amanhã".

"O que aconteceu, Lia?" – Bia ditou em voz alta, enquanto as letras iam aparecendo na projeção.

"Fui perguntar para meus pais se eu poderia ir salvar a humanidade com vocês amanhã e eles disseram que amanhã não porque a minha tia Aia vem nos visitar e faz muito tempo que não a vejo."

"Puxa vida, Lia! Justo amanhã?!? Vem com a gente, vai! Será muito emocionante."

"Eu sei. Mas meu pai disse que domingo é dia de descansar, não de salvar o mundo. Eles disseram que eu terei ainda várias oportunidades de salvar a humanidade."

"Que pena. Tá bom, então depois eu te mando umas *selfies*."

"Vou avisar a Mia também. Beijos e boa sorte!"

Na manhã seguinte, ao despertar, Bia ficou deitada um pouco mais, pensando em tudo o que havia acontecido no dia anterior. Parecia não conseguir dimensionar ainda a grande aventura que estava vivendo. Passou os olhos pelas paredes de seu quarto, decoradas com pôsteres de suas bandas robóticas preferidas, como Robolling Stones, Bitles e Robon Jovi. Quando finalmente foi para a cozinha, encontrou a mesa do café da manhã posta. Seus pais tinham começado o desjejum.

— Estou com vontade de comer frutas de verdade hoje, e não só essas vitaminas aí — explicou ela.

— Frutas de verdade? — estranhou o pai. — Essas cápsulas são feitas com frutas de verdade. Leia a embalagem.

— Do que é essa caixinha aqui? Ah, está escrito "fruta vermelha". Seria bom morder uma fruta vermelha. Fazer aquele som de "nhac" — Bia provocou.

Décadas antes, "frutas vermelhas", assim no plural, era o nome que se dava a uma mistura de morangos, framboesas, cerejas, amoras, mirtilos e groselhas. Engenheiros agrônomos genéticos conseguiram desenvolver em laboratório uma única fruta com características de todas elas juntas: a "fruta vermelha". Juntar frutas era cada vez mais normal. Havia à venda nos mercados requintados melimãocias, abacatexis, cajuticabas e mangaracujás. A larananamão, que ganhou o apelido de "salada de frutas", era ótima para bater com leite e fazer uma vitamina.

— Pai, mãe... vocês não sentem saudade de vez em quando de pensar um pouco? — disparou ela. Depois pôs uma das mãos em frente à boca, como se percebesse que havia falado o que não devia. Já era tarde.

O pai inicialmente fingiu não ouvir. A mãe pensou um pouco. Dali a um momento respondeu:

— Tenho, Bia. E muita! Saudade de pensar, de sonhar, de fazer meus próprios planos. Não me conformo que você não possa escolher a sua profissão, como eu e seu pai fizemos.

Com lágrimas nos olhos e os lábios tremendo de emoção, ela segurou as mãos da filha e continuou falando:

— Trocamos tantas coisas boas por uma vida... talvez mais fácil. Entregamos a nossa vida a máquinas, a fórmulas matemáticas, a programas, a sistemas. Tenho saudade do mundo comandado por humanos, sim, filha, por mais que os humanos tenham suas falhas.

Andreia, renomada cirurgiã de implantes biônicos, disse que não seria justo ignorar os avanços na área de medicina. Foi listando exemplos: diagnósticos mais precisos, descoberta de novos medicamentos, cirurgias com robôs ou à distância; infelizmente, disponíveis apenas para uma pequena parcela da população, lamentou ela. "Um dia, espero que todos tenham acesso a tudo isso. Aí o mundo será bem melhor."

Bia olhou para o pai e se preparou para o que viria daquele lado. Faria, engenheiro especialista em construções com impressoras 6D, ergueu os olhos em direção à filha e disse:

— Eu também tenho muita saudade, Bia. A inteligência artificial me faz sempre lembrar a história do avião, inventado por um brasileiro chamado Santos Dumont.

— Como assim? — Bia não entendeu a comparação aérea feita pelo pai.

Ele percebeu que a filha tinha ficado confusa e corrigiu a rota:

— Quando foi inventado, há mais de cento e cinquenta anos, o avião encurtou distâncias, deixou o mundo mais perto. Foi revolucionário. Mas também começou a ser usado nas guerras para jogar bombas. Tudo tem seu lado bom e seu lado ruim.

Faria seguiu então pelo mesmo caminho da esposa:

— Como disse sua mãe, tanta coisa boa aconteceu nos últimos quarenta anos graças à tecnologia. Não podemos nos esquecer delas: a previsão de desastres naturais, a redução dos acidentes de trânsito com os veículos autônomos, a eficiência da cibersegurança. Mas aí veio o ônus junto, que todos nós conhecemos.

Faria deixou cair também uma lágrima. Abraçou a filha com carinho:

— Não devia nunca ter reprimido você, Bia. Seria bem melhor se todos nós voltássemos a pensar, você sempre esteve certa. Pena que agora seja tarde demais.

— Talvez não — disse ela, dando uma mordida bem dada num sanduíche feito com pão de farinha de gafanhotos, seu preferido.

PROVANDO DO PRÓPRIO VENENO

As cientistas dormiram muito pouco. Ao acordar, elas improvisaram uma oficina na cozinha de Camélia. Por sorte, ao deixar o cativeiro, Patrícia levou consigo sua pequena frasqueira de ferramentas. Uma de suas especialidades era construir nanorobôs.

— Hoje será um longo dia — afirmou ela. — Não temos tempo a perder.

— Agora que as meninas não estão aqui, gostaria de saber qual é a informação bombástica que vocês queriam passar para a imprensa — perguntou, curiosa, Camélia para Gaia e Tânia, que acompanhavam à distância o trabalho de Patrícia.

— É sobre o Paulo Ignácio — disse Gaia. — Ele também está preso na sede da Aipim.

— Preso? — Camélia deu um salto para trás.

— Ele provou do próprio veneno — acrescentou Tânia.

— Como assim? — Camélia ainda não tinha entendido. — Explique isso direito!

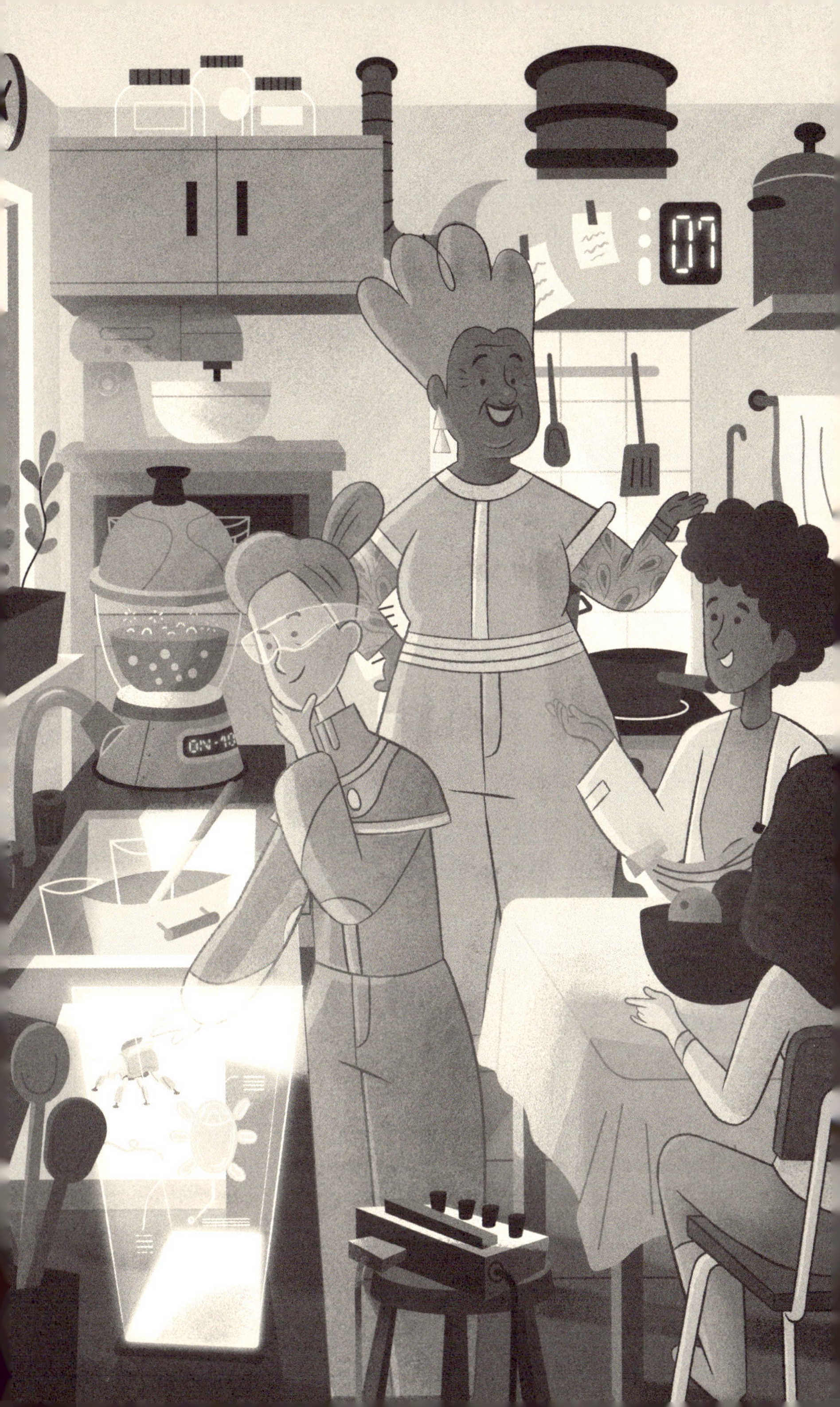
07

— Sua ambição era criar robôs que lhe dessem muito poder, fama e dinheiro – narrou Gaia. – Até que deu o golpe em nós e refez o projeto. Chegou a um robô superavançado. Foi nesse momento que Paulo Ignácio começou a exigir ser chamado de "O Grande Inteligência". Mas o que criou mesmo foi uma supermáquina à semelhança dele. Tão ambiciosa que tomou o lugar dele. Depois ela foi se apoderando das principais empresas e ficou dona de todo o ecossistema de inteligência artificial do mundo.

— Então o Grande Inteligência, que controla os nossos passos, as nossas decisões, os nossos desejos, não é mais um ser humano, agora é uma máquina? – perguntou Camélia para se certificar de que tinha entendido direito.

— Sim, e é o ímpeto desse robô com extrema inteligência que nós teremos que frear esta noite – avisou Tânia. – Garantir que essas máquinas poderosas estejam sob o nosso controle é o que vai definir se os humanos continuarão existindo ou se o mundo será tomado e controlado por elas.

Camélia engoliu em seco de tanta preocupação. Alheia à conversa das três, Patrícia gritou um "eureca!" para dizer que acabara de finalizar o robozinho em forma de besouro. Ele era do tamanho da unha do dedo mindinho dela.

– Não ficou uma belezinha? – Patrícia elogiou sua criação. – E podemos controlá-lo pelo celular.

– Perfeito! – vibrou Gaia. – Estamos prontas para enfrentar o Grande Inteligência.

– Nosso besourinho vai se chamar Zuba – batizou Patrícia.

– Por que Zuba? – Camélia estranhou o nome.

– É uma homenagem ao meu avô, que foi jogador de futebol – explicou a cientista. – Vamos precisar de um artilheiro para furar esse bloqueio.

* * *

Bia vestiu uma fantasia que estava muito na moda, de tricórnio, uma espécie animal recém-criada em laboratório com três chifres na testa. Despediu-se dos pais, pegou sua mochila propulsora e, ao colocar o nariz para fora do prédio, percebeu a presença de um cão robótico farejador. Por gostar de animais robóticos, ela vivia vendo vídeos a respeito deles. Não tinha dúvida sobre a raça daquele cão. Como havia alertado Zé Maria no dia anterior, os animais estavam à procura delas. O que fazer? Ainda bem que ninguém a impediria de pensar em algo naquele momento.

Bia deu meia-volta e subiu novamente até o apartamento. Entrou esbaforida no banheiro. Passou loucamente o desodorante do pai pelo corpo inteiro e depois misturou o perfume mais marcante da mãe também em grande quantidade. A combinação a deixou com um cheiro insuportável, muito diferente do cheiro dela que os cães robóticos deveriam ter em seus arquivos olfativos.

– Pronto, agora posso ir!

Ela escreveu para Mia fazer o mesmo antes de sair de casa. As duas se encontraram na entrada do prédio. Estavam empesteadas. Não tiveram a menor dificuldade de passar pelo cachorro. Bia fez até um carinho nas antenas dele.

O "NOSSO BEBÊ"

A ação precisaria ser executada alguns segundos antes da meia-noite, seguindo minuciosamente o cronograma planejado pelas cientistas. Zé Maria entrou em contato com um amigo que tinha um drone de entregas e tratou de alugar o aparelho para aquela noite. Gaia, Patrícia e Tânia ficaram estudando várias vezes todos os cenários possíveis para que nada saísse errado.

— Que cheiro é esse? — perguntou Camélia. — Acho que algum drone da Roboticário deve ter caído aqui perto...

— Somos nós, tia — Mia anunciou a chegada dela e de Bia.

— Tivemos que ficar bem perfumadas para passar por um cão farejador que estava na entrada de nosso prédio — disse Bia.

— Muito bem pensado — elogiou Zé Maria.

— Onde está Lia? — Gaia esticou o pescoço. — Ela não veio com vocês?

— Melhor deixar essa história para depois — respondeu Bia. —Temos outro problema mais importante para resolver.

Só quando chegou na casa de Camélia, Bia se deu conta de que havia esquecido os seus brincos com fones de ouvido em cima da cama.

– E agora? – Zé Maria fez cara de preocupado. – Vai demorar muito para você ir e voltar de lá. Esses brincos são importantes para conseguirmos nos comunicar com você.

– Já sei – estalou os dedos Bia. – Conheço alguém que também tem brincos assim.

Ela fez na mesma hora uma ligação holográfica para Lia.

"Oi, Bia! O que aconteceu? A salvação da humanidade foi cancelada?"

"Não, se você puder nos ajudar."

"O que você está dizendo? Vocês não chamaram ninguém para o meu lugar? Sei lá... a Kátia, a Cláudia, a Geórgia, a Geórgia não, porque ela nunca pode nada..."

"Claro que não. Não chamamos nenhuma outra garota."

"Mas vocês devem ter pensado em chamar a Sofia, a Nádia ou a Júlia, que são bem mais corajosas que eu, não foi? A Vânia, não, que ela é meio medrosa para algumas coisas. Ah, tem a Alícia... Claro, a

Alícia. Só podia ser ela..."

"Nenhuma delas, nem cogitamos isso. Preciso é de sua ajuda!"

"É sério isso?"

"É sério! Esqueci meus brincos com fones de ouvido. Preciso que você empreste os seus e venha trazê-los aqui na casa de tia Camélia."

"Claro! Eu estava meio triste porque achei que vocês não sentiriam a minha falta. Você e a Mia nem insistiram para eu ir. Agora fiquei feliz. Tô indo já. Deixa comigo. Tia Aia está lá na sala com meus pais. Sairei pelos fundos. Eles nem notarão."

"Ah, Lia, não esqueça de passar um perfume qualquer de sua mãe ou de seu pai para sair do prédio."

"Pra quê?"

"Pra despistar um cão farejador que está rondando o nosso edifício."

Gaia estava preocupada com o longo diálogo das duas e começou a fazer sinais para apressar Bia:

– Desligue logo e diga para ela vir voando!

* * *

Menos de dez minutos depois, Lia pousou com sua mochila propulsora na porta da casa de Camélia. Foi recebida com aplausos pelo grupo. Pouco depois, às onze horas, o amigo de Zé Maria chegou com o drone. Zé Maria tinha comprado uma caixa bem resistente e fez furinhos em todas as faces para que a menina pudesse respirar. Bia tirou a fantasia de tricórnio e entrou nela. Colocou os brincos auditivos de Lia para receber orientações e lentes de contato que transmitiam em tempo real tudo o que ela via. Bia levava ainda no bolso uma caixinha com Zuba, entregue por Patrícia.

– Está se sentindo confortável? – perguntou Zé Maria.

– Sim, estou – respondeu ela.

– Tem certeza de que está pronta para a missão, Bia? – checou mais uma vez Gaia.

– Tenho! – respondeu afirmativamente a garota.

– Você vai precisar entrar pisando em ovos – avisou Tânia.

– Pisando em ovos? – assustou-se Lia, imaginando os pés da amiga mergulhados em poças pegajosas de claras e gemas. – Eca, os pés dela vão ficar uma meleca, que nojo...

Camélia liberou o riso e explicou:

– "Pisar em ovos" é uma expressão que significa "com cautela", Lia.

– E o que é "cautela"? – perguntou mais uma vez a garotinha.

— Devagar, com cuidado — respondeu afavelmente Camélia. — Por isso que eu digo para vocês que a leitura é importante. "Sem livros e sem leitura" é igual a "sem vocabulário e sem imaginação". Como vocês vão querer comandar a inteligência artificial assim?

Camélia encerrou rapidamente o pequeno sermão porque havia algo mais importante com que se preocupar naquele momento. O voo seria iniciado dali a instantes.

— Zezé, esse drone é seguro mesmo? — perguntou Camélia pela milésima vez.

— Totalmente! — assentiu ele. — No dia a dia, esse drone iça pianos para andares altos de prédios. Bia pesa muito menos que um piano.

— Então vamos! — comandou Gaia. — Lembre-se, Bia: ao chegar no topo do edifício, você encontrará uma porta de acesso ao lado do droneponto.

Com Gaia no comando, o aparelhinho levantou voo com a caixa acoplada. Ouvia-se um zumbido igual ao que as abelhas faziam quando ainda existiam.

— Enquanto isso, Zezé, você precisa ir até a chefatura de polícia para denunciar a grande farsa de Paulo Ignácio Maia — ordenou Camélia, que assumiu o controle geral da operação. — Leve-os até o Aipim One para prender aquele crápula.

Camélia, as três cientistas, Lia e Mia foram acompanhar a operação de uma rua próxima ao Núcleo Global do Grande Inteligência. Antes de sair, Zé Maria entregou a Tânia uma planta do andar do comando central, que ele havia guardado dos seus tempos de segurança. Marcou com caneta vermelha a rota que a menina deveria seguir e fez um grande X no local da sala de comando. "Não tem erro", disse ele.

Em poucos minutos, o drone chegou ao topo da torre de aço com seus cento e vinte e quatro andares. Era o prédio mais alto e mais iluminado da metrópole. Bia abriu a tampa da caixa com cuidado e deu uma espiada ao redor. A primeira visão que teve foi das antenas que permitiam a comunicação instantânea com todos os sistemas alimentados pelo Grande Inteligência. Saiu com cuidado. Foi fácil encontrar a porta de entrada. Depois disso, deveria seguir a rota até o comando central.

– Muito bem, você chegou! – comemorou Tânia, que acompanhava todos os passos dela por um aplicativo em seu smartphone. – É essa porta, sim, conforme o desenho que o Zé Maria fez.

– O que eu faço agora? – perguntou Bia.

– Digite a mesma senha de emergência que nós usamos ontem: 1-3-0-6 – comandou Tânia. – Com certeza, não tiveram tempo de mudá-la ainda.

Bia digitou 1, 3, depois 0 e por fim 6. Ouviu o clique da porta sendo destravada.

– O aniversário do Paulo Ignácio é em 13 do 06 – zombou Patrícia. – O sujeitinho usou a data do aniversário como senha e depois ainda teve a cara de pau de se autoproclamar "O Grande Inteligência". Ah, faça-me o favor!

Bia acendeu a lanterna de suas lentes de contato especiais e iluminou o caminho. Desceu vagarosamente degrau por degrau da escada de caracol. Era preciso seguir o plano à risca. Os pisos de vidro dos andares eram iluminados por LEDs. As salas tinham paredes holográficas. Ela conseguia ver grandes computadores ligados, mas não avistou nenhum ser humano perto deles (seria o tal do *home office* de que ouvira falar?, perguntou-se). Parecia cenário de um filme futurista. Foi seguindo as orientações de Tânia, ora virando à esquerda, ora entrando num corredor à direita, e não demorou a chegar no salão monumental.

– Vá até o centro da sala – pediu ela.

A menina limpou duas vezes o suor do rosto com o dorso da mão. As pernas tremiam bastante. Caminhou com atenção pelo meio de torres de computadores, que formavam as centrais de servidores. Eram centenas. Cada um tinha um nome com letras e números. Finalmente Bia chegou diante do GI-0001.

— Aí está ele! — vibrou Tânia. — O Grande Inteligência, o cérebro digital que controla todos os sistemas integrados de inteligência artificial do planeta.

— O "nosso bebê" — disse Patrícia com carinho. — Criado para facilitar a vida humana. Para que pudéssemos todos ter acesso à informação, para salvar vidas, para acabar com a fome e a pobreza, para acabar com as desigualdades...

— Agora não é uma boa hora para esse tipo de discurso emotivo, Patrícia! — reclamou Gaia. — Deixemos para depois, pode ser?

— Alô, Bia, falta apenas um minuto para meia-noite — avisou Tânia. — Vá para a parte de trás do computador, por favor. Você verá uma pequena entrada retangular. É aí que você precisa colocar o Zuba.

O INSETO DA MEIA-NOITE

Bia tirou do bolso a caixinha com o delicado besouro-robô. Tomou bastante cuidado para que o bichinho fosse direcionado direto para a entrada indicada pela cientista. Deu certo: Zuba fez o que se esperava dele e entrou na máquina no exato momento em que os relógios pulavam das 23:59 para 00:00 hora. A entrada do inseto robótico causou um curto-circuito no Grande Inteligência, que imediatamente deixou de funcionar. Como num efeito dominó, todos os outros computadores começaram a pifar, um a um. As luzes da grande torre se apagaram.

Da rua, o grupo viu o apagão de alguns drones, que despencavam com embalagens de pizza e caixinhas de yakissoba. Trens movidos por eletromagnetismo e *hiperloops* (cápsulas de passageiros que levavam pessoas em tubos a vácuo em altíssima velocidade) deixaram de funcionar. Os painéis de publicidade se apagaram. Assustadas, as pessoas colocavam as cabeças para fora das janelas de seus apartamentos tentando entender o que havia acontecido.

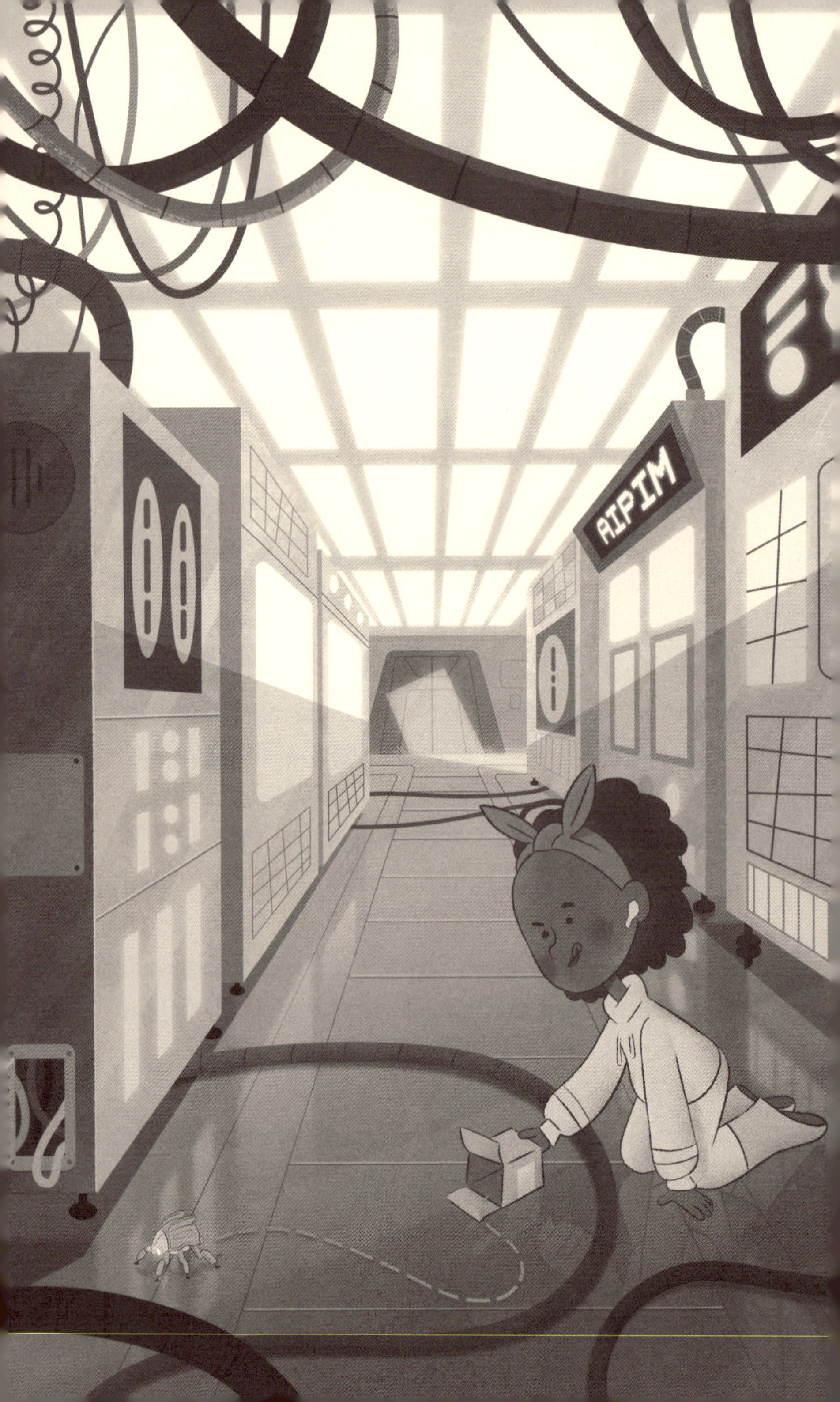
AIPIM

— Uhuuuu, conseguimos! — disse Tânia, com uma alegria desmedida. — Deu *bug*!

— Precisamos tirar a Bia de lá de dentro — lembrou Camélia.

— Todas as portas do prédio devem estar destrancadas agora — lembrou Patrícia. — Vamos, vamos depressa.

Gaia e Patrícia não tiveram dificuldade para empurrar a porta e entrar. Tudo estava no maior breu. Todas as máquinas, que formavam o coração da inteligência artificial, se apagaram. Como conheciam o caminho, chegaram rápido até Bia, que continuava, imóvel, ao lado do grande GI-0001, de olhos fechados para não ver a escuridão. Agarraram a menina pela mão e voltaram por onde haviam entrado na mesma velocidade. Camélia, Tânia, Mia e Lia cercaram Bia num abraço coletivo quando ela saiu. Os olhares transbordavam de emoção.

Tiveram por alguns momentos a sensação de estar flutuando em gravidade zero. Era como se tivessem tirado o mal da tomada. Mas não poderiam deixar a cidade daquele jeito, naquele caos momentâneo. Por isso, logo os pés delas precisaram voltar para o chão.

— O que vocês vão fazer agora? — questionou Camélia. — A humanidade se acostumou com o lado bom da inteligência artificial. E há muitas coisas boas. Acredito que não conseguiremos viver sem ela, somos dependentes digitais.

— O futuro é inimaginável — filosofou Gaia.

— Não se preocupem — respondeu Tânia, que parecia ser a mais calma de todas. — Guardem bem a data: a partir de amanhã, 31 de outubro de 2064, nós vamos começar a reprogramar tudo. Vamos começar o *Robot Sapiens* do zero. Com muito mais cuidado. Tudo terá que ser comandado sempre pelo cérebro humano.

— Os robôs nunca serão iguais a nós — disse Patrícia. — Um computador não tem sentimentos, emoção, sensibilidade.

— Não sabem o que é sentir saudade de casa, colocar os pés no mar, emocionar-se, ganhar um abraço quentinho, lamber os dedos depois de se deliciar com um pedaço de bolo de chocolate... — Gaia foi listando. — É isso que nos torna autênticos, originais, únicos.

— Ah, por falar nisso, tem metade do bolo ainda em casa — lembrou Camélia. — Na correria, esqueci de servir para vocês.

Nesse instante, Camélia sentiu a vibração de seu antigo aparelho celular. Era uma mensagem de Zé Maria: "Cheguei com a polícia no prédio, mas Paulo Ignácio não está mais aqui. Deve ter escapado quando todos os sistemas foram desligados. Tomem muito cuidado, Cacá. O Grande Inteligência de verdade está solto. Estou voltando aí".

Camélia sentiu seu rosto pegar fogo. Leu a mensagem para todas elas, que também ficaram apreensivas. Gaia procurou consolá-las:

– Pensaram que o nosso trabalho seria fácil, é? Pensaram?

• FIM •

– O que foi, AGI-112?
– Olha só, ASI-098, acabou de entrar aqui no meu banco de dados um livro chamado *2064*.
– E o que é que tem?
– O livro está cheio de absurdos. Imagine que o autor escreveu que uma menina de doze anos, com um robozinho em forma de besouro, consegue entrar sozinha num prédio, que é uma verdadeira fortaleza, e derrubar todos os sistemas de inteligência artificial do mundo. Sério: você acredita que alguém é capaz de pensar uma coisa dessas?
– Que bobagem! Esse livro só pode ter sido escrito por um ser humano. Deleta isso do sistema agora.

P I F !